U0112385

月光鱼逛洗车房

［德］安德烈亚·朔姆堡 文

［德］多萝特·曼科普夫 图

高渝梅 译　罗亚玲 审校

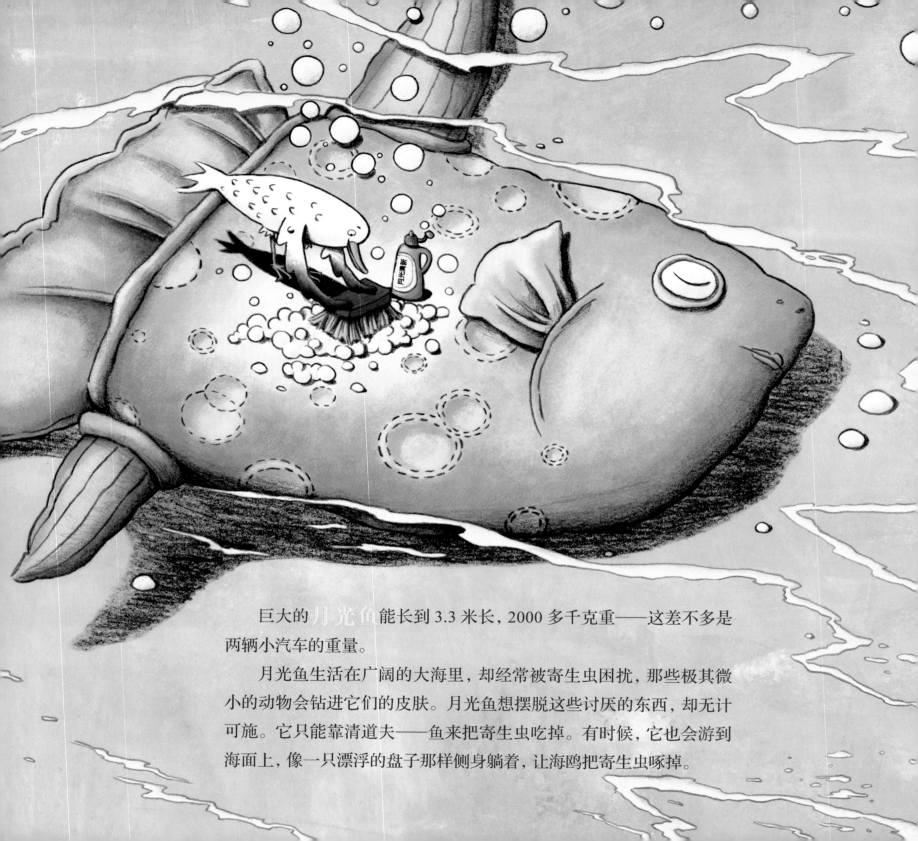

巨大的月光鱼能长到 3.3 米长，2000 多千克重——这差不多是两辆小汽车的重量。

月光鱼生活在广阔的大海里，却经常被寄生虫困扰，那些极其微小的动物会钻进它们的皮肤。月光鱼想摆脱这些讨厌的东西，却无计可施。它只能靠清道夫——鱼来把寄生虫吃掉。有时候，它也会游到海面上，像一只漂浮的盘子那样侧身躺着，让海鸥把寄生虫啄掉。

月光鱼

月光鱼早就受够了，

讨厌的寄生虫，

粘在身上，脏兮兮，

怎么都摆脱不掉。

没办法，月光鱼只能游进洗车房。

海鸥夫人来帮忙，

抄起刷子，涂上肥皂，

刷，刷，刷，冲走一堆脏泡泡。

海鸥夫人尽心尽职，

月光鱼很快又焕发光彩，

太好了，海鸥夫人，谢谢你！

温度计野鸡要给它的蛋搭一个孵蛋箱：鸡爸爸和鸡妈妈先在地上挖了一个一米深、三米宽的大坑，鸡爸爸往大坑里填满树叶，然后等着下雨。雨过之后，鸡爸爸在潮湿的树叶上撒上沙土。树叶开始腐烂，产生热量。在长达十个月的时间里，鸡爸爸每天都用长在喙上的温度计去测量孵化土堆里的温度是否已经够暖了。温度必须达到 34 度，鸡妈妈才能进去下蛋。

温度计野鸡

没有温度计，
温度计野鸡就什么也做不了。

鸡爸爸不辞辛劳，
搭起最棒的孵蛋箱，
好让鸡妈妈
安安心心去下蛋。

十个月的时间可不短，
鸡爸爸对什么都视而不见，
每天测量来测量去，
就为了确定土堆里是太冷还是太热。

鸡妈妈等得不耐烦：
"你啥时候能折腾完？"
"等等，还差两度半，
亲爱的，你再耐心点儿！"

这一天终于大功告成，
温度正好，一度不差。
鸡爸爸叫来鸡妈妈，
欢欢喜喜去下蛋。

实在不可思议……

注：温度计野鸡的学名为"眼斑冢雉"。

跳跳鱼生活在低浅的热带水域边缘。它可以像鱼一样用鳃呼吸，在水里游泳，但它更喜欢待在烂泥里和滩涂上。它用厚实的胸鳍爬来爬去，就像长了腿一样。凭借强壮的尾鳍，跳跳鱼还能在泥浆中跳跃。它甚至可以爬到生长在热带水域沼泽里的红树上。

这鱼，真像滑稽有趣的鸟！

跳跳鱼

我是谁？

我住在大海边，

我有鳍，像鱼儿，

可我还会跳远，

在滩涂上，在泥浆里，

爬来爬去，愉快敏捷。

我的鳍就是腿吗？

很短很短？

人们看见我在树上，

梦想着海水，和海的一切。

我用腮呼吸，

我不是鸟，也不是两栖，

我是两者之间？

我回答不了这个难题。

不管我是谁，都不重要，

我现在的样子，就是最好！

注：跳跳鱼的学名为"滩涂鱼"。

蓝脚鲣鸟 主要生活在岩石耸立的科隆群岛的海边。它们以鱼类为食物，在岩石上孵化幼鸟。当一只雄鸟寻找配偶时，它会为心爱的雌鸟不停地跳舞：它用每个舞步展示自己蓝色的脚，并且展开翅膀吸引雌鸟。雌鸟如果同意，就会与它共舞。

蓝脚鲣鸟

看看我，美丽的小姐，
我的脚是蓝色的，
爱情的蓝色，快乐的蓝色，
请把你的爱给我吧！

亲爱的，我多不好意思啊！
亲爱的，我简直不敢看你！
或者只是害羞的一眼，
蓝脚先生，我也喜欢你！

当我们鼓足勇气，
互相看着对方的眼睛，
互相用蓝色的脚问好，
或者用翅膀彼此拥抱，
啊，这个世界将变得，
像天空一样蓝，一样美好！

指猴生活在马达加斯加岛。它会用奇长无比的中指拍打椰子之类的果实，根据响声来判断果实是否成熟。它咬开果实，用长长的中指将果肉挖出来。一些马达加斯加人认为，当指猴用中指指着他们的时候，就会带来厄运。真的是这样吗？

指猴

这是什么呀？
指猴想，
一看就知道是一只椰子。
啊哈，别着急，
我得来听一听，
它熟没熟，香不香。
因为，我是一个美食家。

敲一敲，拍一拍，
不行，这个还不够熟，
我听出来了。
"嗒嗒"——这个怎么能入口？
"突突"——不行，这个也别指望，
"噗噗"——恶心，快拿开！
还有这个——听，也不怎么样。

听这个，好像有可能，
听上去熟透了，美味又地道。
"咚咚，咚咚"——
我发誓，这个听上去味道美极了。
可别弄错了，赶紧再敲一敲，
没错，这个椰子我现在就开咬！
然后，我把果肉挖出来。
哈哈，味道好极了，选得真正好！

注：指猴也被叫作"Aye-Aye"。

食蚁兽生活在中美洲和南美洲。它最喜欢的食物是各种蚂蚁。为了捉到蚂蚁，它会用有力的爪子将蚁穴拨开一个洞，然后用又细又长又粘的舌头将蚂蚁粘出来。食蚁兽一天可以吃掉多达 3 万只蚂蚁。

食蚁兽妈妈将小宝宝背在背上，要背 4~6 个月。小宝宝只有在吃奶的时候才从妈妈的背上下来。从远处看，背着宝宝的食蚁兽妈妈就像是驼着背——这是防范敌人的一个好办法。

食蚁兽

我叫安东，是食蚁兽宝宝，
食蚁兽长什么样，我就长什么样。
妈妈把我背在背上，
我能喝好多的奶，我是个大胃王。

我的妈妈，她只吃蚂蚁，
蚂蚁们说，这必须被禁止。
可是妈妈说，她总得吃点什么吧，
今天一整天，她只吃了 3 万只蚂蚁。

我长大了也和妈妈一样，
但现在，我还在喝妈妈的奶。
吃饱喝足之后，我们会美美地睡上 15 个小时，
妈妈的大尾巴像棉被，盖在我们身上真暖和。

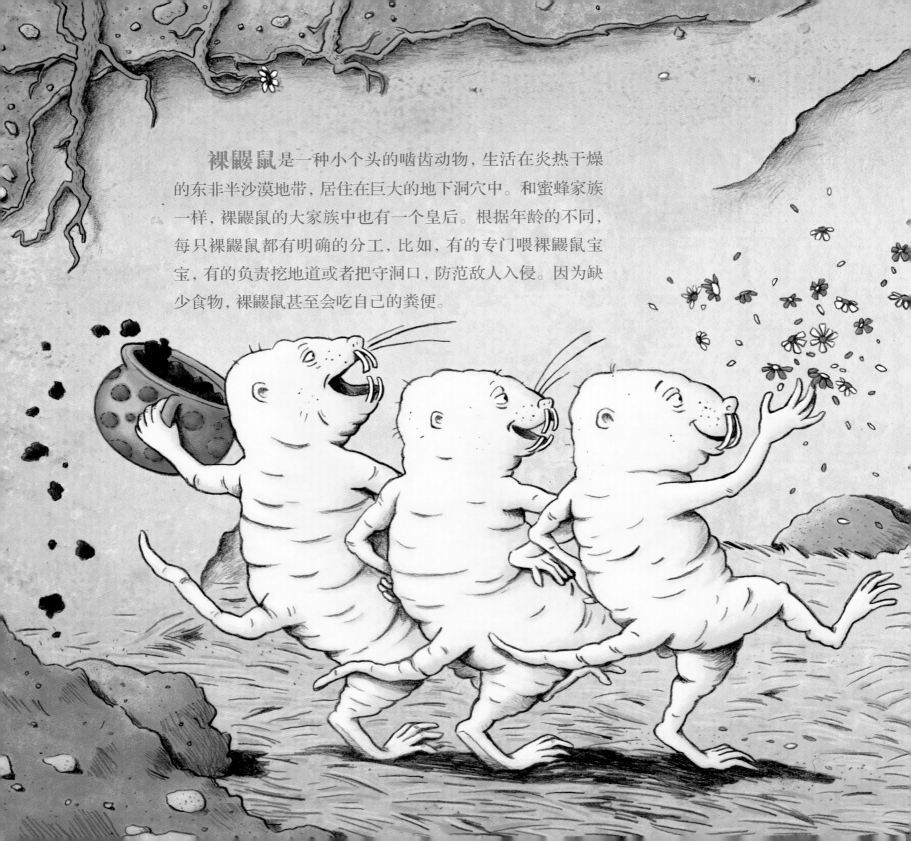

裸鼹鼠是一种小个头的啮齿动物，生活在炎热干燥的东非半沙漠地带，居住在巨大的地下洞穴中。和蜜蜂家族一样，裸鼹鼠的大家族中也有一个皇后。根据年龄的不同，每只裸鼹鼠都有明确的分工，比如，有的专门喂裸鼹鼠宝宝，有的负责挖地道或者把守洞口，防范敌人入侵。因为缺少食物，裸鼹鼠甚至会吃自己的粪便。

裸鼹鼠

裸鼹鼠，裸鼹鼠，
顾名思义没穿衣服，
有时候会吃自己的粑粑，
而且还长得丑巴巴。
从来不会梳理毛发，
没人愿意和它嘻嘻哈哈。
谁会和它亲个嘴儿？
除非它自己也是只裸鼹鼠！

枪虾（也叫鼓虾）生活在珊瑚礁里，身长相当于手指的长度。枪虾右侧的巨螯可以产生一个气泡，气泡崩裂时会发出巨响。这个声音的响度能达到 200 分贝，相当于喷气式飞机起飞时的响度，甚至能够扰乱潜水艇的定位功能。因此，枪虾是动物王国中最大的噪音制造者。在对抗比赛中，谁能制造最响的爆炸声，谁就是赢家。

金凤蝶

金凤蝶夫人兴冲冲地，
在草丛中寻找产卵的地方。
"只有最好的，
才配得上我可爱的小毛毛虫。"

所有要给小毛毛虫的最好的东西，
金凤蝶夫人都用脚来品尝和检查。
她在叶子上踢踢踏踏：
"小宝宝在这儿能吃饱吗？
"小宝宝在这儿能长胖吗？
"这种植物健康吗？
"茴香，莳萝，不会太老了吧？
"水分充足不充足？一切都完美吗？"
踢踢踏踏！踢踢踏踏！
然后，金凤蝶夫人开始产卵啦！
小心翼翼，有条不紊，
一颗，又一颗，
一共 150 颗！

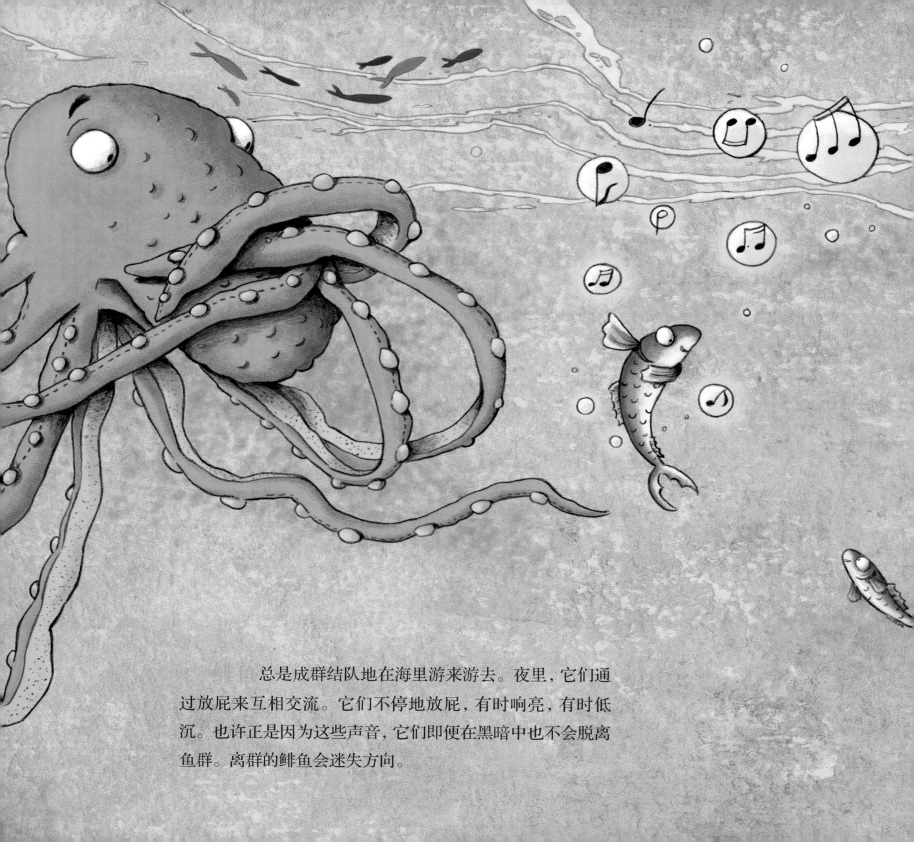

总是成群结队地在海里游来游去。夜里，它们通过放屁来互相交流。它们不停地放屁，有时响亮，有时低沉。也许正是因为这些声音，它们即便在黑暗中也不会脱离鱼群。离群的鲱鱼会迷失方向。

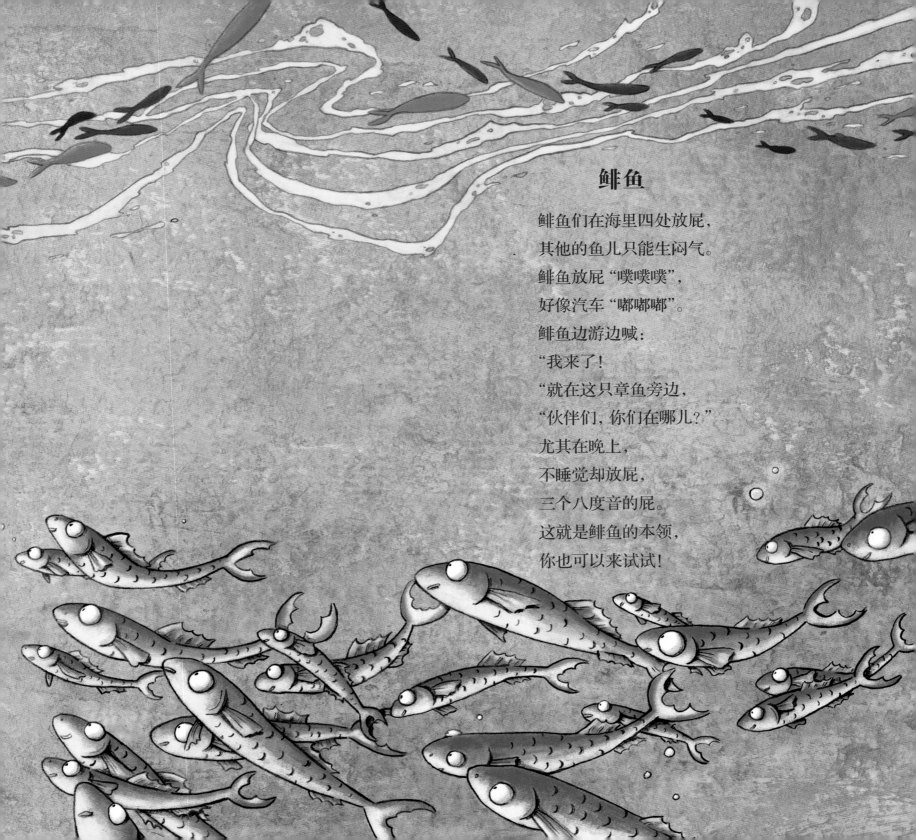

鲱鱼

鲱鱼们在海里四处放屁，
其他的鱼儿只能生闷气。
鲱鱼放屁"噗噗噗"，
好像汽车"嘟嘟嘟"。
鲱鱼边游边喊：
"我来了！
"就在这只章鱼旁边，
"伙伴们，你们在哪儿？"
尤其在晚上，
不睡觉却放屁，
三个八度音的屁。
这就是鲱鱼的本领，
你也可以来试试！

飞狐猴（也叫猫猴）居住在东南亚热带雨林的树上。它有一层滑翔皮，从头至尾包住整个身体。如果想从一棵树的树梢到另一棵树的树梢，飞狐猴只需伸开四条腿，它的滑翔皮就像一把滑翔伞，能载着它滑翔 50 米到 70 米。在长达 6 个月的时间里，飞狐猴妈妈一直把宝宝装在滑翔皮上的一个口袋里背着。

飞狐猴

我叫雨果，我是飞狐猴，
我像风筝一样，像滑翔机一般飞翔。

我滑翔，滑得很远，
在雨林的枝叶间，穿梭自如。

我的折叠伞，我的滑翔伞，
我的万事俱备伞，
永远在我身边。

我的孩子，小雨果，
可爱的飞狐猴宝宝，
呆在妈妈的口袋里，
好吃好睡，温暖安全。
等它长大了，
也和我一样，滑翔到远方！

泳池派对

在泳池边，在泳池边，
派对酷翻天，
有幸请到鲱鱼乐队，
在水中演奏放屁音乐。

月光鱼莫娜躺在水面上，
干干净净，闪闪发光。
她两天前特意去了洗车房，
把自己洗得漂漂亮亮。

温度计野鸡西奥，
驾着月光鱼小船，
在水里量来量去，
看水温是否合适。

派德喊道：
"别自以为是！
"泳池一切正常，
"水充足，盐份少，
"你再抱怨，我就开枪！"

跳跳鱼冠军趴在池边，
不想跳进去。
可是，天哪，
它其实也不想出来！

裸鼹鼠诺伯特·穆尔，
没穿衣服，浑身发抖。
它在想，真是的，
要有一块粑粑吃该多幸福！

食蚁兽夫人想念蚂蚁，
她在想，这派对真是没东西可吃。
可是宝宝安东正悄悄地，
品尝自助餐桌上的杏仁巧克力。

指猴丰多斯为大家带来果汁和啤酒，
"伙计们，我可以打包票，
"这个味道绝对好，
"汩汩的声音我已经听到。"

鲣鸟波比脉脉含情，
踮着蓝色的大脚，和心上人翩翩起舞，
她轻声低语：
"亲爱的波比，你的脚无与伦比。"

鲱鱼乐队演出到高潮，
低沉的贝斯，乐声缭绕。
所有的人纵声欢笑，
诺伯特·穆尔也不觉得冷了。

午夜时分，
飞狐猴雨果上演飞行秀。
小宝宝向她挥手，
月光鱼熠熠生辉，光彩夺目。

跳跳鱼终于跳进泳池，
食蚁兽揉着肚子，
嗯，巧克力的味道，
也还不错。

只有毛毛虫一声不吭，
埋头吃着巧克力，满心欢喜。
雨果洒下五彩纸屑，
泳池派对，一切完美！

安德烈亚·朔姆堡(Andrea Schomburg)

生于埃及开罗，长于德国莱茵兰 - 普法尔茨州，现生活在汉堡。喜欢创作诗歌，第一本诗集发表于2007年。她的诗歌、散文等作品常被改编成舞台小品。2012年起，在洛伊法纳大学教授诗歌以及舞台技术。

多萝特·曼科普夫(Dorothee Mahnkopf)

1967年生于德国柏林，现生活在莱茵兰 - 普法尔茨州。在奥芬巴赫艺术学院攻读视觉传媒专业。作为自由插画家，15年来为许多出版社的童书、教材、手工制作书籍作画，并为报纸、杂志创作插画。在柏林主持儿童创作课程，并在埃尔福特大学授课。

月光鱼进洗车房

YUEGUANGYU JIN XICHEFANG

Text by Andrea Schomburg

Illustration by Dorothee Mahnkopf

Originally published under the title:

Der Mondfisch in der Waschanlage

© Tulipan Verlag GmbH München/Germany,2015

www.tulipan-verlag.de

本书中文简体字版权通过版权代理人高渊梅获得

本书中文简体字翻译版由上海教育出版社出版

版权所有，盗版必究

上海市版权局著作权合同登记号 图字09-2017-208号

图书在版编目(CIP)数据

月光鱼进洗车房 / (德) 安德烈亚·朔姆堡文; (德) 多萝特·曼科普夫图;

高渊梅译. —上海: 上海教育出版社，2017.10

（星星草绘本之自然世界绘本）

ISBN 978-7-5444-7800-7

Ⅰ.①月… Ⅱ.①安… ②多… ③高… Ⅲ.①儿童故事-图画故事-德国-现代 Ⅳ.①I516.85

中国版本图书馆CIP数据核字(2017)第241935号

作　者	[德]安德烈亚·朔姆堡/文 [德]多萝特·曼科普夫/图
译　者	高渊梅
审　校	罗亚玲
策　划	自然世界绘本编辑委员会
责任编辑	时　莉
美术编辑	赖玟伊

自然世界绘本

月光鱼进洗车房

出版发行	上海教育出版社有限公司
官　网	www.seph.com.cn
地　址	上海市永福路123号
邮　编	200031
印　刷	上海盛通时代印刷有限公司
开　本	787×1092 1/12 印张 3
版　次	2017年10月第1版
印　次	2017年10月第1次印刷
书　号	ISBN 978-7-5444-7800-7 / I·0081
定　价	28.80元

如发现质量问题，读者可向本社调换 电话：021-64377165